Colección Altea benjamín

Ana Banana
y yo

texto de Lenore Blegvad

ilustraciones de Erik Blegvad

traducción de María Puncel

Ⓐ Altea

3.ª reimpresión: diciembre 1990

Título original: *Anna Banana and Me*
© 1984, by Erik Blegvad. First published as a
Margaret K. McElderry Book/Atheneum Publishers
© 1987, Altea, Taurus, Alfaguara, S. A., de la presente edición en lengua española
Juan Bravo, 38. - 28006 Madrid

PRINTED IN SPAIN
Impreso en España por:
UNIGRAF, S. A.
Políg. Industrial Arroyomolinos
Móstoles (Madrid)
I.S.B.N.: 84-372-4017-4
Depósito legal: M. 43.175-1990

En memoria de mi madre,
que le puso nombre.

En las escaleras del parque
está Ana Banana.

—¡Venga, vente conmigo! —dice
y echa a correr.

Yo echo a correr también
detrás de ella.
Pasamos junto a la fuente
y junto a la estatua

y llegamos a un sitio
muy en sombra, lleno de hojas
y de ramas, que está detrás
de los bancos de madera.

Gateamos por debajo de un banco.
La tierra está fría.
Hay hojas muertas y piedras.
Sobre una rama brilla
una pluma blanca de paloma.

Es un sitio
en el que nadie ha estado,
que nadie ha visto nunca.
Es un lugar oscuro
y escondido.

Algo se desliza
entre las hojas,
scratch, scratch, scratch...

Fuera, al sol, pasan algunos pies.
—¡Una pluma es mágica!
—dice bajito Ana Banana.

—¡Ven! —me dice después.
Y salimos a la luz.
Ana Banana se pone de pie.

Tiene hojas en el pelo.
—¡Adiós! —dice y desparece.
Así que me voy a casa.

Otro día encuentro
a Ana Banana en mi calle.

—¿Vives aquí?
—me pregunta.

Y la miro mientras baila
en mi portal.

En el espejo polvoriento hay otra
Ana Banana que baila con ella.

Una escalera blanca
sube hasta lo oscuro.
—Ven —dice Ana Banana.
Subimos muchos escalones
y llegamos a un lugar muy oscuro
al que yo nunca voy.

Hay una larga hilera de puertas
y detrás de cada puerta
hay personas a las que nunca he visto.
—¡Ahhh...! ¡Ohhh...! —grita Ana Banana
hacia lo oscuro.
«¡Ahhh...! ¡Ohhh...!», resuena su voz.
Ana Banana se ríe: —¡Hola, eco! —dice.

Ana Banana echa a correr
y baja las escaleras blancas,
cada vez más y más deprisa,
brincando los escalones.
Veo su mano que se desliza
por el pasamanos.

Luego me grita:
—¡Adiós!
«¡Adiós!», repite
el eco.
La puerta
de la calle
se cierra de golpe.
Yo entro
en mi casa.

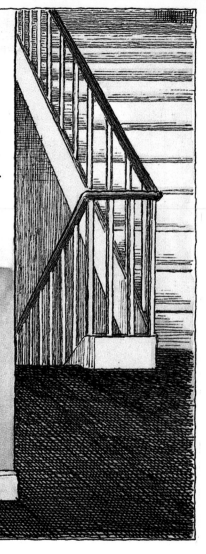

En el parque, Ana Banana está sentada
en un columpio.
—¡Empújame! —dice.
Yo la empujo con todas mis fuerzas.
Y sube hasta lo alto y baja
y vuelve a subir...
Llega hasta lo más alto de todo.
Me mareo sólo de mirarla.

La arena del arenero
está fría y húmeda.
—Era tu cumpleaños
y hacíamos una tarta.
Yo era la pastelera —dice Ana Banana.
Y me hace una tarta,
las velas son palitos de helado.

Tomo aliento
y soplo para apagarlas.
—¿Qué has deseado?
—me pregunta Ana Banana.
Se me ha olvidado
pedir un deseo.
Siempre se me olvida.

Hacemos castillos y carreteras.
Mi castillo es más grande,
pero el de Ana Banana
tiene foso y una torre.

Cuando lo tiene terminado,
lo deshace del todo.

Yo pongo una hoja como bandera
en mi castillo
antes de irme a casa.

Se limpia la arena de las manos.
—¡Adiós! —dice, y se marcha
del parque saltando a la pata coja.

Ana Banana está sentada en la estatua
que hay en el parque.
—¡Sube! —me dice.
Trepo hasta arriba
y me siento yo también
sobre un brazo de la estatua.

Hacemos como que leemos en el libro
grandote de piedra.
—Había una vez un duende horrible...
—lee Ana Banana.
Una paloma pasa
por encima de nosotros
y se posa en el sombrero de la estatua.
La miro y me guiña un ojo.
Ana Banana sigue leyendo.
Le gustan las historias de duendes.
A mí no.

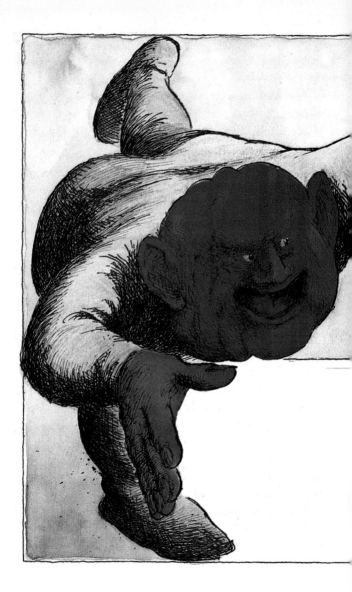

—Y el duende era tan grande como
toda esta estatua —lee Ana Banana—
y tenía una cara horrorosa,
roja y enorme. Era como un tomate
terriblemente grande
y tenía unas orejas grandes y rojas
que sobresalían así...
Ana Banana levanta los brazos
y los abre todo lo que puede.
Yo me agarro bien fuerte
a la mano de la estatua.

Ana Banana deja de leer
y se baja de la estatua.
Se pone de pie
sobre uno de los zapatos
de piedra de la estatua
y mira hacia el parque.

De repente, grita:
—¡Cuidado! ¡Cuidado!
¡Cara de tomate se acerca!
Yo cierro los ojos con fuerza.
¡Cara de tomate se acerca!
¡Y Ana Banana se está riendo!
La oigo saltar hasta el suelo.
—¡Adiós! —la oigo gritar.
Y se va.

Yo estoy todavía aquí.
No puedo irme.
¡Cara de tomate
se acerca!
No puedo moverme,
ni siquiera puedo
abrir los ojos.
Sólo puedo agarrarme
a la mano de la estatua
Ana Banana
puede reírse.
Ella no tiene miedo.
Yo sí lo tengo, yo
no soy Ana Banana.

¡Huy!, ¿qué es esto?
Algo suave me ha tocado la mano.
¿Será el duende? ¿Qué puedo hacer?
Abro un poquito los ojos y miro.
Es sólo una pluma de la paloma
que está arriba. ¡Una pluma!
«Una pluma es mágica»,
dijo antes Ana Banana.
La recojo y me acuerdo
de pedir un deseo.
¡Y enseguida puedo abrir los ojos
del todo!

¡Y puedo saltar desde la estatua
al suelo!
¡Y puedo reírme del duende!
¡Soy tan valiente como Ana Banana!

—¡Adiós, paloma! —grito.
Echa a volar hacia lo alto
de los árboles.

Y yo me voy corriendo hasta casa.

BIOGRAFIAS

Lenore Blegvad nació en Nueva York y se graduó en el Vassar College. Estudió pintura en París, donde conoció a Erik Blegvad. Ha escrito varios libros para niños y divide su tiempo entre la escritura y la pintura. Los Blegvads pasan temporadas en Londres y en el sur de Francia.

Erik Blegvad es danés, nacido en Copenhague, donde se graduó en la Escuela de Artes Aplicadas. Desde el final de la Segunda Guerra Mundial ha trabajado como artista independiente en Copenhague, París, Nueva York y Londres. Sus ilustraciones han aparecido en numerosas revistas y periódicos y en más de noventa libros, muchos de ellos dedicados a niños.